VENTE DU LUNDI 23 FÉVRIER 1914
HOTEL DROUOT, SALLE N° 6
A deux heures

BONS MEUBLES MODERNES

En bois sculpté, bois doré et en marqueterie

DEUX PIANOS DE PLEYEL

TABLEAUX, PASTELS, GRAVURES

BRONZES — OBJETS VARIÉS

TAPIS, RIDEAUX

Le tout appartenant à Madame J...

EXPOSITION PUBLIQUE
LE DIMANCHE 22 FÉVRIER 1914
De 2 heures à 6 heures

COMMISSAIRES-PRISEURS

Mᵉ J. ENGELMANN | **Mᵉ HENRI BAUDOIN**
3, rue des Mathurins | 10, rue Grange-Batelière

CONDITIONS DE LA VENTE

Elle sera faite au comptant.

Les adjudicataires paieront *dix pour cent* en sus des enchères.

Paris. — Imp. de l'Art, Ch. Berger, 41, rue de la Victoire.

DÉSIGNATION

GRAVURES ET TABLEAUX

1 — Carton contenant vingt-six gravures, en
feuilles.

2 à 10 — Seize gravures : Le Congrès de
Vienne. — Napoléon visitant le champ de
bataille d'Eylau. — Adieux de Napoléon à
son armée. — Napoléon reçoit le portrait de
son fils. — Le Passage des Alpes par l'armée
de Bonaparte. — La Bataille de Waterloo.
— Mort de Napoléon Ier. — Passage du
Grand Saint-Bernard. — Mort et apothéose
de Napoléon II. — Bataille d'Arcis. — Bataille de Leipzig. — Bataille de Wurtchen.
— Napoléon Ier acclamé à Grenoble. — Wel-
lington à Waterloo. — Intérieur d'un atelier
(scène d'escrime). — « A tous les cœurs bien
nés que la patrie est chère. » (D'après
JAZET.)

11 — Gravure, d'après ORCHARDON : La Musicienne.

12 — Deux gravures : Le Billet doux. — Le Coucher de la mariée.

13 — Trois gravures : Scènes de batailles.

14 — La Jeune Fille au chat. Gravure, par R. PIGUET.

15 — Charlotte Corday. Gravure, par LAMOTTE, d'après MULLER.

16 — HELLEU. Portrait de Femme. Pointe sèche.

17 — Lot de gravures diverses.

18 — ÉCOLE FRANÇAISE (XVIIIᵉ siècle). Personnages sous un arbre.

19 — ÉCOLE FRANÇAISE. Famille dans un intérieur.

20 — ÉCOLE FRANÇAISE. Portrait d'Homme avec collerette tuyautée.

21 — ÉCOLE FRANÇAISE. La Jeune Fille à la colombe.

22 — ÉCOLE FRANÇAISE. Scène de naufrage.

23 — ÉCOLE FRANÇAISE. Portrait de Femme.

24 — ÉCOLE ITALIENNE. La Sainte Famille.

25 — ÉCOLE ITALIENNE. Sujet mythologique.

26 — ÉCOLE ITALIENNE. La Vierge et l'Enfant Jésus. Cadre en bois sculpté.

27 — ÉCOLE ITALIENNE. Sainte Famille.

28-29 — SALVATOR ROSA (École de). Les Bohémiens. — Les Ruines, paysage animé. Deux pendants.

30 — ÉCOLE MODERNE. Scène de chasse.

31 — MENARD (Er.). Le Soir. Pastel.

32 — MENARD (Er.). Le Lac.

33 — MENARD (Er.). Goûter dans le verger.

34 — PIGUET. Lever de lune.

35 — PIGUET. Bateaux à voiles sur un lac.

36 — THAULOW (Fritz). Soir au village.

37 — Tableau en soie brodée : Paysage avec rivière.

OBJETS VARIÉS, BRONZES

38 — Deux longues-vues.

39 — Coffret, incrustation de nacre, à décor de fleurs et d'oiseaux.

40-41 — Quatre plateaux en cuivre gravé.

42 — Deux lions marchant en bronze à patine verte, pieds à griffes en bronze doré. Signés : *F. Delabrierre*.

43 — Christ en ivoire du xviiie siècle, sur croix ébène ; cadre en bois sculpté et doré.

44 — Pendule-borne, acajou à filets, de chez *Kirby-Beard*.

45 — Deux vases en grès flammé, de *Delaherche*.

46 — Coq en bronze doré de la Chine, sur socle en bois.

47 — Tigre rampant en bronze de la Chine.

48 — Groupe en bronze : La Pensée brisant ses chaînes, d'après E. Picault.

49 — Deux appliques en bronze ciselé et doré à deux lumières. Style anglais. Disposées pour l'électricité.

50 — Deux appliques à trois lumières en bronze ciselé. Style rocaille. Disposées pour l'électricité.

51 — Candélabre à six lumières en bronze argenté. Disposé pour l'électricité.

52 — Pendule en marbre et bronze, à patine brune, présentant une femme couchée.

53 — Pendule en bronze doré, ornée de plaques en biscuit et surmontée d'une statuette de femme : La Joueuse d'osselets.

54 — Deux candélabres à six lumières en bronze argenté.

55 — Grande lanterne de vestibule en bronze ciselé et doré à quatre lumières. Disposée pour l'électricité.

56 — Lustre en bronze ciselé et doré à six lumières, de style anglais. Disposé pour l'électricité.

57 — Lustre en bronze ciselé et doré à deux lumières. Disposé pour l'électricité.

58 — Grand lustre en bronze ciselé et doré, de
style rocaille. Disposé pour l'électricité.

59 — Lustre en cuivre poli, à cinq branches et
huit lumières et vasque en albâtre rouge.
Disposé pour l'électricité.

MEUBLES ET SIÈGES

60 — Deux porte-manteaux-appliques en bois
mouluré.

61 — Bois de paravent en noyer sculpté à rang
de perles.

62 — Petit paravent à trois feuilles en bois
sculpté peint vert et doré, garni de soierie
guirlandes et bouquets de fleurs.

63 — Paravent à quatre feuilles en étoffe brochée
à grandes fleurs, clouté de cuivre.

64 — Paravent à quatre feuilles en noyer sculpté ;
feuilles en soie brochée à fleurs sur fond gris.

65-66 — Deux autres paravents analogues.

67 — Paravent à quatre feuilles en bois sculpté
et doré, à guirlandes de fleurs et rang de pias-
tres ; feuilles en soie grise brochée à fleurs.

68 — Grand cadre de glace en chêne sculpté, de
style Louis XIV ; il est accompagné d'une
niche en chêne.

69 — Deux tabourets de piano en noyer ; sièges
cannés.

70 — Deux grands fauteuils en bois sculpté, couverts en tapisserie à fleurs sur fond marron.

71 — Deux escabeaux en bois sculpté.

72 — Deux chaises à dossier carré, bois sculpté et peint gris, couvertes en lampas fond vert.

73 — Banquette en noyer sculpté, côtés à lyres, couverte en soie rayée fond gris.

74 — Petite banquette en noyer sculpté, couverte en soie.

75 — Fauteuil à crémaillère en acajou, couvert en étoffe fond vert.

76 — Deux petits tabourets en bois sculpté et doré, de style Louis XVI, couverts en soierie à rayures bleues et grises.

77 — Douze chaises en bois tourné et sculpté, siège en paille.

78 — Deux chaises légères en bois sculpté peint vert et doré, à dossier rectangulaire et dossier lyre.

79 — Six chaises en bois sculpté, dossier forme lyre ; sièges en paille.

80 — Vingt-deux chaises en noyer sculpté ; sièges en paille.

81 — Quatre fauteuils à bascule, de formes variées.

82 — Fauteuil de bureau en bois sculpté peint gris et canné, de forme cintrée.

83 — Quatre fauteuils en bois sculpté et peint gris, ruban et feuillage, de style Louis XVI, couverts en lampas fond vert.

84 — Quatre fauteuils en bois sculpté et doré, à couronne de rose, rubans, etc., couverts en soie grise brochée à fleurs. Style Louis XVI.

85 — Fauteuil en bois sculpté, crosse feuillagée et trois chaises à haut dossier, pieds en bois tourné, couvertes en velours ciselé et rayé.

86 — Fauteuil-marquise en bois sculpté peint gris, couvert en soierie à rayures.

87 — Bergère en bois sculpté et peint gris, couverte en velours rayé rouge. Style Louis XVI.

88 — Petit canapé cintré et banquette en bois sculpté et doré, couverts en étoffe brochée, guirlandes de fleurs sur fond beige.

89 — Petit canapé en bois sculpté et peint gris, couvert en lampas fond vert. Style Louis XVI.

90 — Chaise longue en trois parties en bois sculpté et doré, recouverte en satin broché à fleurs. Style Louis XV.

91 — Chaise longue en deux parties en bois sculpté et peint gris, recouverte en lampas fond vert. Style Louis XVI.

92 — Canapé, bergère et deux fauteuils en noyer sculpté garni de bronze, recouverts en velours frappé vert et jaune. Style Empire.

93 — Canapé, six fauteuils et quatre chaises en bois sculpté et doré, couverts en étoffe grise brochée à fleurs.

94 — Deux petites coiffeuses anglaises en acajou, filets marqueterie.

95 — Deux commodes en acajou, à poignées de cuivre.

96 — Chiffonnier acajou, poignées en cuivre.

97 — Table à jeu anglaise en acajou, filets en marqueterie.

98 — Meuble à deux corps et nombreux tiroirs en acajou, filets en marqueterie.

99 — Table-coiffeuse à tiroirs sur pieds cintrés
à griffes en acajou sculpté ; elle est accompa-
gnée d'une glace.

100 — Commode à deux rangs de tiroirs formant
bureau, pieds à griffes.

101 — Grande glace ; cadre en acajou sculpté, de
style anglais.

102 — Table en acajou sculpté avec tiroir, pieds
cintrés à griffes. Style anglais.

103 — Chiffonnier en acajou à six tiroirs, pieds-
griffes.

104 — Horloge en acajou, filets en marqueterie.
Style anglais.

105 — Horloge en bois peint.

106 — Petite vitrine en acajou mouluré.

107 — Vitrine en fer garnie de glaces.

108 — Meuble-vitrine d'angle en acajou sculpté ;
le corps du haut à deux portes vitrées, pieds
à griffes.

109 — Deux lits jumeaux et deux tables de nuit
en acajou sculpté, pieds à griffes. Style anglais.

110 — Canapé, fauteuil et chaise en acajou. Syle anglais.

111 — Chaise en acajou couverte en velours.

112 — Lit, chiffonnier et commode avec glace en acajou. Style anglais.

113 — Table-coiffeuse en marqueterie de bois de rose, garnie de bronze. Style Louis XV.

114 — Bureau à dos d'âne en bois naturel, marqueterie à fleurs.

115 — Bureau à dos d'âne en acajou sculpté, pieds cintrés à griffes et galerie de bronze.

116 — Console sur quatre pieds avec entre-jambes en chêne sculpté, à mascarons, rinceaux, fleurs, etc. Dessus de marbre.

117 — Très petite table, forme cœur, en bois sculpté.

118 — Quatre petites tables à étagère en acajou.

119 — Petite table en bois sculpté peint vert et doré. Style Louis XV.

120 — Petite table de milieu en bois de placage, ornée de bronzes; dessus de marbre. Style Louis XVI.

121 — Petite table-rognon en bois de placage et marqueterie à fleurs, tablette d'entrejambes ornée de bronzes.

122 — Grande table rectangulaire en chêne.

123 — Grande table rectangulaire en chêne sculpté avec entrejambes.

124 — Petit bureau à cylindre avec tiroir et table à ouvrage également avec tiroir en bois naturel.

125 — Bureau bonheur-du-jour en bois de placage et marqueterie de bois clair; galerie et baguettes en bronze doré.

126 — Petit bureau de dame en marqueterie de bois de couleurs, orné de frises, chutes et paumelles de bronze. Style Louis XVI.

127 — Meuble en marqueterie de bois de rose à fleurs, garni de bronze ; dessus de marbre. Style Louis XV.

128 — Meuble à hauteur d'appui en marqueterie de bois de rose et bois de violette, garni de bronzes ; dessus de marbre. Style Louis XVI.

129 — Grande vitrine en bois sculpté et doré, à deux portes et deux panneaux vitrés, et avec trois tablettes en glace.

130 — Bibliothèque d'angle en chêne sculpté, à quatre portes vitrées. Style Régence.

131 — Grande bibliothèque à trois portes, bureau plat et fauteuil en acajou, garnis de bronze. Style Empire.

132 — Piano droit en marqueterie de bois de rose, filets noirs, de *Ignace Pleyel*.

133 — Piano droit en palissandre, ae *Pleyel*.

134 — Cheminée monumentale en chêne sculpté, à décor de cariatides, rinceaux, pattes et mufles de lion, etc.

135 — Salle à manger en noyer sculpté à cariatides de femmes, chimères, rinceaux, composée de : un grand buffet-dressoir, une grande table rectangulaire avec rallonges, deux dessertes et dix-huit chaises, couvertes en panne verte.

136 — Ameublement de chambre à coucher en bois sculpté et peint gris, genre Louis XVI : armoire à glace à deux portes, lit garni de soie, deux tables de nuit, commode à dessus de marbre, console à dessus de marbre, petite table de milieu.

137 — Lot de coussins variés.

138 à 149 — Douze carpettes orientales, variées de décor.

150 à 154 — Fort lot de rideaux. (Sera divisé.)

155 — Objets omis.